生活如诗

刘福田 著

四川大学出版社
SICHUAN UNIVERSITY PRESS

图书在版编目（CIP）数据

生活如诗 / 刘福田著 . — 2 版 . — 成都 : 四川大学出版社，2024.1

ISBN 978-7-5690-6591-6

Ⅰ . ①生… Ⅱ . ①刘… Ⅲ . ①诗词—作品集—中国—当代 Ⅳ . ① I227

中国国家版本馆 CIP 数据核字（2024）第 029984 号

书　　名：生活如诗
　　　　　Shenghuo Ru Shi
著　　者：刘福田

选题策划：胡晓燕　　李思莹
责任编辑：胡晓燕
责任校对：张伊伊
装帧设计：墨创文化
责任印制：王　炜

出版发行：四川大学出版社有限责任公司
　　　　　地址：成都市一环路南一段 24 号（610065）
　　　　　电话：（028）85408311（发行部）、85400276（总编室）
　　　　　电子邮箱：scupress@vip.163.com
　　　　　网址：https://press.scu.edu.cn
印前制作：四川胜翔数码印务设计有限公司
印刷装订：成都市火炬印务有限公司

成品尺寸：130 mm×210 mm
印　　张：10.25
字　　数：181 千字

版　　次：2018 年 9 月 第 1 版
　　　　　2024 年 4 月 第 2 版
印　　次：2024 年 4 月 第 1 次印刷
定　　价：58.00 元

扫码获取数字资源

四川大学出版社
微信公众号

再版序言

感谢出版社及广大读者的厚爱，将《生活如诗》一书再版发行，这是对我今后诗歌创作的最大鼓励和支持。此次再版对书中部分诗词内容进行了删减和修改，又新增加诗词50余首。再版后的《生活如诗》是简洁、明亮、健康的自然之诗，浅显易懂，是生活中的所见所闻所感，更具有专业性、知识性、可读性和欣赏性。

我深知，不是每个人都能成为诗人，但每个与文字结缘的人，都不可能不侵润诗的花香雨露。诗者，心之音也，是一个人精神世界最深层也最动人的振响。如果一个读者读了《生活如诗》后，发生写诗的心愿，并成为同路人，那将是我最大的欣慰和快乐。诗歌从来就不是一种天真和浪漫，而是生活本身，只有发自于心，才会落实到足下，才会化为身后的风景。感谢诗歌给我带来的美好。

我热爱诗歌，并用诗歌的形式记录生活的点滴，讴歌、赞美身边的人和事，这不仅教育净化了自己，也使身边的人受到鼓舞和鞭策。我把每个节日，每次旅游，每次亲朋相聚，每次爱情表白，每次读书有感，每次观花抒怀，每个生活感悟，都用诗的形式表达出来，这不仅提高了自己的诗歌写作水平，也为日常生活增添了情调。

我热爱诗歌，每当背诵诗歌时，总会觉得心里满是自豪。诗歌精练的句子，读起来让人充满遐想。诗歌超越时空，叩击着我的心灵，给我艺术的享受和熏陶。聆听诗歌，心随诗韵跳动的感觉是如此美好。读着"君不见，黄河之水天上来"，我仿佛看见了黄河波涛汹涌，惊涛拍岸，读着"水光潋滟晴方好，山色空蒙雨亦奇"，我仿佛看到素装的少女在慢慢向我走来，读着"大漠孤烟直，长河落日圆"，我仿佛看到大漠边关的壮阔，读着"怒发冲冠，凭栏处，潇潇雨歇"，我仿佛感受到英雄的爱国情怀。

读着诗歌，心中总会勾勒出一幅幅如梦的画卷，随着年龄的增长，对诗歌的喜爱越是如醉如痴。"无可奈何花落去，似曾相识燕归来"，是对往昔如歌岁月的无限追忆，"今宵剩把银釭照，犹恐相逢是梦中"，是对离去友人的无尽思念。

寂寞时，浅酌一杯，低吟着"举杯邀明月，对影成三人"，挫折时，昂首高歌"长风破浪会有时，直挂云帆济沧海"，失意时，仰天长啸"天生我材必有用，千金散尽还复来"。

一首诗歌就是一幅画,他带我游览祖国的大好河山。有"飞流直下三千尺,疑是银河落九天"的庐山瀑布,有"两岸猿声啼不住,轻舟已过万重山"的险峻三峡,有"日出江花红胜火,春来江水绿如蓝"的秀美江南。

一首诗歌就是一幕景,他让我领略四季的动人风光。春天,"碧树妆成一树高,万条垂下绿丝绦",夏天,"接天莲叶无穷碧,映日荷花别样红",秋天,"停车坐爱枫林晚,霜叶红于二月花",冬天,"忽如一夜春风来,千树万树梨花开"。

诗歌。就是一份情,他让我们懂得了朋友与家人的珍贵。做朋友就应当"桃花潭水深千尺,不及汪伦送我情",是亲人,就会"独在异乡为异客,每逢佳节倍思亲"。

生活如诗,我把诗写入生活,好永远徜徉在诗的百花园中,让生活充满诗意。

由于个人水平有限,书中错误和不当之处在所难免,望广大读者批评指正。

刘福田

2024年1月于深圳

自　序

　　我发现，诗的魅力正如阳光那样灿烂。诗里走出了乐观豪放的李白、深沉忧郁的杜甫、清丽婉约的李清照……他们用风格不同的笔触向我展示了世间的万物。渐渐地我又读懂了汪国真的诚挚、舒婷的细腻、闻一多的深刻；我与雪莱、普希金交朋友，领略了世界诗苑的璀璨。诗用它无形的手时时扣动我的心弦，拨出动人的琴声，令我如痴如醉。

　　读过许多诗，我不禁有了一个梦想——用我的诗轻轻扣动文学殿堂的大门。每当别人嬉戏时，我醉心去探究万物的美；当万家灯火熄灭时，我独自一人在灯下构筑诗行，用细细的笔尖勾勒出小鸟的歌唱、花朵的绽放、嫩草的生长……用自己的笔谱写心中的歌，与万物同欢乐。我醉心于读诗，醉心于写诗。那一行行诗句是一只只飞翔的彩蝶，带我到美丽缤纷的大花园；那一首首诗又像是一只只萤火虫，"发出了微弱的光，但攒起来将是亮丽的光"。

　　生活如诗，或如"采菊东篱下，悠然见南山"一般清雅，或如"千骑卷平岗"一般豪迈，或如"行到水穷处，坐看云起时"一般静谧，或如"明朝散发弄扁舟"一般恣意。

生活可以是一曲小令，简洁明快而不失精彩；生活也可以是一条长河，波澜迭起不落俗套。生活就是一首用生命造就的诗。

生活之诗因追求而富有节奏，主旨鲜明。陆游的生活是一首雄浑壮阔的边塞诗，"铁马冰河入梦来"的人生追求使他的生活之诗激昂壮美。杜甫的顿挫，陶潜的恬静，李白的豪放，既是他们诗的特点，更是他们的生活写照。生活如诗，题诗的笔就握在自己手里，写成一首千古名诗还是写出几句俗语，全看你自己。人生追求奠定了生活之诗的基调。

生活之诗因尽情而诗意浓郁。生活如诗，当以乐观为底色。

汪国真说："人虽然是哭着生，却一定要笑着活。"一首积极向上的生活之诗才是成功的人生应有的旋律。

生活如诗，当有抑有扬、有静有动。

综观千古以来不凡的生活之诗，都来源于诗人独特的品格。黄万里的"一士之谔谔"、周有光的"仁者寿"、王澍的"不盲从"都是他们诗中的最强音，鸣响于人们耳边，回荡在人们心中，不曾止歇。

生活如诗，有"海到无边天作岸，山登绝顶我为峰"的豪放派，有"枕上诗书闲处好，门前风景雨来佳"的婉约派，有"一蓑烟雨任平生"的放达，也有"天生我材必有用"的积极。凭君手中笔，写尽腹中诗。

刘福田

2018年1月于重庆

目　录

节日篇

读书篇

工作篇

友情篇

爱情篇

生活篇

卜算子
举杯邀月（1985年中秋）

冉冉出东方，
霓裳淡淡妆。
可否与我共美酒？
彼此诉衷肠。

谁知捣药苦？
只闻桂花香。
推杯换盏逐西去，
夜尽情未央。

采桑子

母亲（1986年5月）

满头青丝染成霜，
苦亦奔忙，
乐亦奔忙，
无私母爱大无疆。

孩儿感恩报亲娘，
学习向上，
工作向上，
平安幸福日久长。

我曾经当过兵（1996年8月1日）

虽然我已脱下戎装离开了军营，
但每逢军人的节日，
我的心情总是特别的激动。
因为我曾经当过兵。
我曾任过"王成连"的连长，
曾参加过抗洪抢险的斗争。
虽然我没有上过战场，
没能成为英雄，
但我曾用青春和热血，
保卫过共和国的和平。
是部队练就了我一副强健的体魄，
养成了吃苦耐劳和雷厉风行的作风。
有人说，没有当兵的人生不是完整的人生。
虽然此说不敢苟同，
但我总为自己是行伍出身而充满激情。
我没有忘记，夜里查铺首长的爱，
野营拉练战友的情……
我还想走一次正步，

还想到射击场上听听枪炮声。
我还想出一次早操，
喊一声"立正""稍息"的口令。
我还想找战士谈一次心，
还想组织一次晚点名。
我还想对军旗敬一次礼，
还想参加一次"八一"阅兵。
虽然这一切已成为历史，
但它还时常出现我的睡梦中。
我热爱军队，
我对军人有着特殊的感情。
因为我曾经当过兵。

蝶恋花
贺香港回归（1997年7月1日）

一百年前敌侵略，
踏破岭南，
占我江山阙。
腐败朝廷留罪孽，
人民奋起挥金钺。

盼归神州心迫切，
历尽沧桑，
依旧亲情烈。
一国两制开新页，
炎黄共赏婵娟月。

五律
母亲节感怀（1998年5月）

旧照夜翻频，

悠悠念母心。

风行摇树影，

泪落满衣襟。

一世情缘重，

三春草木深。

窗前凭绪起，

对月倍思亲。

五律
缅怀父亲（1998年6月）

怀思年复年，
灯塔照吾前。
手揽一轮月，
肩挑两座山。
崇德亲友近，
行俭心态宽。
教诲虽充耳，
梦中求续篇。

水调歌头
咏月抒怀（2001年中秋）

皓月三五圆，
中秋分外明。
遍洒银辉普照，
水面映倩影。
咚咚吴刚伐桂，
翩翩嫦娥起舞，
蟾兔伴歌声。
广寒千古业，
可曾与人同？

念平生，
成与败，
爱和痛。
三十六年过去，
慨然一梦中。
常闻鼓乐笙歌，
惯见阴阳笑脸，

权利尽相争。
心中烦恼事，
说与婵娟听。

八一赞歌（2002年8月1日）

是1927年的八一南昌起义，
向国民党反动派打响了第一枪。
从此人民有了自己的军队，
从此我党有了自己的武装。
我们不会忘记那刀光剑影的斗争，
不会忘记那炮火硝烟的战场。
三大战役，
四渡赤水，
五次反"围剿"，
六盘山上红旗扬。
为了民族的解放，
多少英雄儿女洒热血。
为了国家的安定，
多少英雄儿女战沙场。
为了祖国的尊严，
多少热血男儿守边疆。
我曾经是一名军人，
也曾为飘扬的军旗染色，

我的青春曾在军营里闪光。
这一切一切都已成为过去，
而今我早已脱下那绿色的戎装。
但我没有忘记领导的教诲，
没有忘记我曾生活战斗过的营房。
今天我为祖国的强大而自豪，
我为社会的安定而歌唱。
我要继承部队的光荣传统，
让自己的青春在本职工作中闪光。

七律

清明感伤（2006年4月5日）

郊外坟头春雨疏，
清明寒食闻啼哭。
风吹菊花纸钱舞，
天堂友人衣食足。
阴阳两界相思语，
尽在死生别离处。
它日归去埋荒冢，
明烛泪流可有无？

明月寄相思（2005年中秋节）

盼中秋，月满天，
怕中秋，人孤单。
月满人缺不团圆，
撒向人间都是怨。
万物事，非圆满，
人生路，皆有憾。
悲欢离合天注定，
阴晴圆缺古难全。
口中意，付东风，
心中情，诉婵娟。
举杯邀月寄相思，
鹏城渝都一线牵。

七律

怀念屈原（2006年5月31日）

远游寻梦风雨落，
求索之路唱九歌。
人间正气向天问，
离骚呐喊为救国。
汨罗江水涛声急，
为君洗冤在诉说。
黄米投江英灵护，
招魂归兮驱恶魔。

蝶恋花

生死恋（2007年2月14日）

情人节日笑开颜。
朝夕相盼，
真心表心愿。
一封情书两行泪，
一首情歌暖心间。

浅酌低吟声声慢。
披肝沥胆，
相爱到永远。
人生易老情难绝，
青春呼唤生死恋。

七律

清明寄语（2007年4月5日）

春雨梨花寒食过，
郊外墓地子孙多。
满衣血泪凄凉诉，
绵绵细雨唱哀歌。
莫辞酒盏千杯醉，
晓风残月伴星河。
纸钱明烛关爱送，
祝君天堂有欢歌。

水调歌头

中秋赏月（2007年中秋节）

桂魄明如镜，

皎洁耀苍穹。

欲圆还缺，

银盘高挂白云顶。

辉映金秋晶透，

情满红尘缱绻，

眺望念初衷。

琴绪托飞鸿，

弦音妙，

雁信杳，

不言中。

缠绵往事，

回昔遥忆话相逢。

万点星辉闪烁，

千里相思萦绕，

向远叹匆匆。

夜色弄清影，

此刻与谁同？

山花子·七夕（2007年8月19日）

露润风清月影移，
鹊桥执手慰相思。
多少深情难尽诉，
又分离。

两岸悲欢千古恨，
千秋聚散两心疾。
毁掉银河修坦路，
永偎依。

蝶恋花
共和国礼赞（2007年10月1日）

五十八年风著雨，
坎坷征途，
几辈艰辛路。
雪域云霾无反顾，
英雄血肉长城铸。

锦绣江山红帜舞，
华诞金秋，
笔墨殷勤赋。
大地飞歌花满树，
巨龙腾飞谁能阻。

七律
中秋无月（2008年）

期盼嫦娥舞翩跹，
不见中天玉镜悬。
相思默默向谁诉？
更觉中秋夜色寒。

明月无光人情暖，
阴晴圆缺心相连。
欲问婵娟可知否，
何时月圆心事圆？

虞美人
月圆人缺（2009年中秋节）

又到中秋月满楼，
悲秋冷心头。
沧海月明珠有泪，
蒙蒙山城烟雨锁秋愁。

人去楼空情独守，
与谁共美酒。
心中婵娟几时有？
独看嫦娥寒宫舒广袖。

蝶恋花

写在三八节（2009年）

卑贱岁月勿相忘，
三从三纲，
泪水心里淌。
妇女翻身得解放，
当家做主挺脊梁。

千秋重任肩上扛，
治国安邦，
巾帼显荣光。
一双巧手绘山河，
神州大地谱新章。

七律
重阳节感伤（2009年10月26日）

一岁佳节又重阳，
登高赏菊在异乡。
天涯孤雁南飞去，
留下悲秋泪两行。

人生易老天难老，
衰柳寒蝉愁断肠。
昨日春花满头戴，
今天秋菊为谁黄？

渔家傲

重阳节抒怀（2009年11月11日）

万道霞光东方亮，
层林尽染登高望。
两岸金风吹稻浪，
心欢畅，
江南景色今朝靓。

辛丑重阳抒盛况，
江山无恙心花放，
致富脱贫人兴旺。
胸坦荡，
山歌一曲齐声唱。

踏莎行

童年梦（2010年6月1日）

花间扑蝶，
池塘游泳，
田野捉鸟放风筝。
歌声装进书包里，
绘画摘下满天星。

山水悠悠，
岁月无情，
儿时伙伴无踪影。
六月蓝天披彩虹，
憧憬童年心中梦。

七律

元宵赏月（2011年2月17日）

月圆花好送新年，
游园观灯春意寒。
中天嫦娥翩翩舞，
为谁起舞为谁怜？
树下吴刚窃窃语，
每逢三五遇婵娟。
博得青天应自问，
何故不使永团圆？

新年抒怀（2012年元旦）

飞舞的雪花浸透着绿意，

凛冽的寒风迎来了春天。

时值新年，

谁的心不在鼓浪扬帆，

谁不愿高燃青春的火焰，

让她闪烁才华和智慧的光环。

谁不愿摘下理想的丽葩，

让她跟盛开的朝花一起争芳斗艳。

新年，

是一切旺盛的崭新起点，

是一切生活和工作的胜利开端。

面对曙光初染的第一篇日历，

你一定会严肃认真地思索，

为牢记领导的嘱托，

为回答亲人的期盼，

我们将怎样打开新生活的日记，

写下最新最美的诗篇。

为实现明年的工作目标，

你将如何踏上新的跑道，

去拼去搏，去追去赶。

当你感到千秋大业的呼唤，

当你被时代的脚步震动了心弦，

你会十分珍惜你那令人羡慕的宝贵青春，

会百倍爱惜那金丝银缕织就的时间。

通向理想的道路虽然遥远，

可它的起点却从你的脚下向前伸延。

要想在盛秋的时节把丰收的果实奉献，

就要在春天的耕耘里挥洒热汗。

朋友，

在过去的一年里，

如果你有什么不足和缺点，

请不要忧伤和哀叹。

只要你振作起来，

勇敢地同昨天告别，

即使是搁浅的小船，

也会鼓浪扬帆抵达那光明的彼岸。

即使是落伍的孤雁，

也会伴随伙伴飞向那万里蓝天！

朋友们，

新的一年是我们开拓进取的一年，

新的一年是我们奋力腾飞的一年。

我们要更加努力地工作，
我们要甩开膀子大干一番。
让我们迈开挺进的步伐，
向前，再向前。
去揭示那勇于创新的价值，
去描绘那壮丽的人生画卷，
我们美好的未来，
就在明天！

七律
过小年（2012年元旦）

寒风尽染红梅妍，
玉露滋润翠柳旋。
小年送灶多贿赂，
祝愿为民说好言。
千户除尘求长寿，
万家祭祀为年安。
桑榆昔景无穷意，
多少风华寄世间。

七律
五一颂（2012年5月）

曲曲笙歌荡九天，
情融决胜丰收年。
勤劳汗洒攻坚路，
苦干心倾满新篇。
强国为民追日月，
开源造福拓山川。
张灯结彩庆佳节，
万家欢乐颂平安。

蝶恋花

七夕望月（2012年8月23日）

离情别恨在天堂。
星桥鹊驾，
七夕欲何往？
几许欢情与爱恋，
今宵织女会牛郎。

天南海北各一方。
鸿雁传书，
菊花为谁黄？
借得吴刚桂花酒，
醉眼望月思断肠。

鹊桥仙
七夕感怀（2012年8月23日）

长思七夕，
鹊桥别恋，
织女牛郎如愿。
今朝节日应时来，
举头望，
双飞河汉。

但邀知己，
梁祝耳畔，
共韵两厢梦断。
巫山云雨正当时，
恰今日，
倾情无限。

七律
共醉中秋（2013年中秋节）

霜落青山草木休，
风吹菊花香满楼。
天上三五团圆日，
人间好月在中秋。
相邀婵娟表心意，
游子归兴泪水流。
可否与我共把盏？
与尔同销万古愁。

鹧鸪天

感恩有你（2013年11月28日）

羔羊跪乳恩不忘，
乌鸦反哺孝亲娘。
白云编织我梦想，
阳光照你放光芒。

尽忠孝，行善良，
送人玫瑰手余香。
一生结伴多快乐，
深情厚意暖心房。

卜算子
元宵夜（2014年）

花炮震大地，
红烛映长天。
一轮明月照九州，
万众庆团圆。

秧歌扭得浪，
舞狮耍得欢。
歌舞升平醉今夜，
幸福满人间。

七律
马年吉祥（2014年春节）

爆竹争鸣花斗容，
春在千门万户中。
一家饮酒千家醉，
万户团聚情满城。

邻里亲朋贺词美，
他乡游子情更浓。
昨驾银蛇凯歌奏，
今乘宝马建奇功。

浣溪沙

元宵节（2015年）

焰丽灯红玉桂圆，
今宵九州万家欢。
举杯共祝盛空前。

行令飞花吟诗名，
猜谜会友对佳联。
颂安祈福在羊年。

七绝
清明随想（2015年）

凄风唤雨放悲声，
节日哀亲泪纵横。
心绪随时都可寄，
缘何非要在清明。

采桑子

怀念母亲（2016年5月14日）

多年不见母亲面，
未知冷暖。
天堂那边，
夜幕降临送纸钱。

乌鸦反哺无以现，
抚摸照片。
泪水涟涟，
思念陪伴母安眠。

卜算子

谁保平安（2016年12月24日）

又到平安夜，
人间祈福祥。
平安何须靠洋节？
军队守边疆。

居安要思危，
国富民更强。
华夏谁人保平安？
战士手中枪。

临江仙

献给白老师（2017年9月10日）

誓做传道一书仙，
育人重任在肩。
勤工俭学宝林山。
还记仙人桥，
未忘山果甜。

四十余载弹指间，
美貌是否依然？
常在梦里读诗篇。
桃李满天下，
别后相见难。

满江红
怀念毛泽东（2017年12月26日）

一代伟人，
出东方，
反封反帝。
救中国，
南湖建党，
求索真理。
湘鄂地秋收起义，
井冈山武装割据。
遵义城，
壮举挽狂澜，
英雄起。

出奇兵，
创奇迹，
搞土改，
得民意。
促民族团结，

抗战到底。
三大战役平九州，
五星红旗立天际。
江山红，
将革命到底，
全无敌。

七律

怀念毛泽东（2017年12月26日）

文才武略救黎民，
纬地经天第一人。
笔点江山谋正道，
兵临华夏净埃尘。
万里长征播火种，
三大战役定乾坤。
横扫千军成大统，
笑挥巨手智如神。

渔家傲

赞女人（2018年3月8日）

承载母爱的摇篮，
唤醒男人的力量，
青春绽放玫瑰香。
情飞扬，
你为世界披靓妆。

岁月蹉跎了时光，
皱纹刻满了脸庞，
相夫教子责任当。
家兴旺，
女人慈爱大无疆。

忆秦娥
五二零（2018年5月20日）

五二零，
时代网络情人节。
我爱你，
大胆告白，
轰轰烈烈。

恋爱密码五二零，
一生一世不离别。
心相印，
两情相悦，
殷殷切切。

鹧鸪天

童心永驻（2018年6月1日）

未泯童心过六一，
六旬老者似孩提。
纵情歌唱先锋曲，
神采飞扬彩色衣。

行队礼，敬国旗，
初心不忘志不移。
青山未老人依旧，
聚首同窗忆往昔。

鹧鸪天

端午节（2018年6月）

一年一度端午节，
图腾龙日忆贤别。
划舟竞技屈原祭，
插艾飘香黍粽捏。

丝线系，药囊携，
儿童佩戴远毒蝎。
张贴捉鬼钟馗像，
五彩葫芦巧手叠。

留恋童年（2018年6月1日）

假如时光能够倒转，

谁不想回到童年。

童年满眼绿水青山，

天特蓝、水特甜。

童年玩耍有的是时间，

从来不用担心沉重的课业负担。

童年的邻里之间纯朴而友善，

一方有难八方支援。

脑子里哪有钱的概念！

童年在外面玩上一天，

父母用不着担心被人贩子拐骗。

童年是梦幻，

说不尽道不完……

然而，留恋童年，

童年已停留在咋天。

即使你吃上千百副"长生不老药"，

也改变不了苍老的容颜，

也找不回逝去的天真烂漫。

我们留恋童年，

不是对贫穷有多么留恋，

而是渴望孩子们不被铜臭污染。

我们留恋童年，

不是让孩子永远躺在父母的身边，

而是不被狂风暴雨卷进激流险滩。

我们留恋童年，

不是想得多少压岁钱，

而是培养孩子生活节俭的好习惯。

我们留恋童年，

不是要求孩子有多少钱当多大官。

而是懂得报国为民的重任在肩。

念奴娇
相聚八一（2018年8月1日）

战友相聚，
在八一，
笑谈军营花絮。
好汉再提当年勇，
回味人生乐趣。
相约四海，
无论贫富，
不分上下级。
身体康否？
试看酒量高低。

当年立正稍息，
投弹射击，
将意志磨砺。
青春热血结友谊，
永远亲如兄弟。
往事如烟，

军装不在，
美好成回忆。
当兵历史，
一生最高荣誉。

七绝

粽子吟（2019年6月）

一

一袭绿衣身带香，
由来低调不张扬。
虽然看似寻常物，
怎晓情于内里藏。

二

不为君王为屈平，
年年端午照盘明。
休看此物一身素，
怎道盈怀粒粒情。

三

每到端阳自现身，
汨罗江畔斗时新。
平生只为屈魂事，
坚守初衷独古今。

四

千百年来筋一根，
痴于水底佑冤魂。
但看世上芸芸客，
能守初衷有几人。

水调歌头

勿忘师恩（2020年9月）

年少正懵懂，
启智赖师尊。
讲台写就人生，
粉墨洒杏林。
传道谆谆教诲，
授业孜孜不倦，
解惑意殷殷。
细雨润桃李，
蜡炬映童心。

光阴转，
芳龄逝，
鬓着银。
凝望满园硕果，
含笑慰茹心。
昔日青青幼树，
今变棵棵梁栋，

园丁付劳辛。

衣锦还乡日，

莫忘诸师恩。

读书篇

七律

咏苍岩山（1987年3月）

苍岩古寺多奇景，
路盘绝顶锁乔松。
枝高万丈常栖凤，
树老千年雄化龙。
秀并龙门遮佛殿，
形同剑阁隐仙峰。
卧听渔笛风前渡，
缈缈余音横太空。

清平乐

咏赵州桥（1987年6月）

华北四宝，
千年赵州桥。
中国工程界一绝，
世界独领风骚。

桥下鱼儿成群，
两岸红花绿草。
犹如天上长虹，
江山如此多娇。

浪淘沙
重读三国（1993年2月）

黄巾揭竿起，
天下开战。
魏蜀吴逐鹿中原。
英雄关张赵马黄，
武功敌胆寒。

孔明识天相，
草船借箭。
七擒孟获平叛乱。
期盼人主无苛政，
百姓多平安。

寄语春晓 （1998年3月）

大雁驮走秋凉，
燕子衔来春晓。
生命不是流星，
只有瞬间的闪耀。
青春不是火柴头，
只有几秒的燃烧。
时间的征帆不会搁浅，
岂能在平滩上抛锚！
对前途的悲叹是罪过，
对生活消沉令人耻笑。
悔过本身并非坏事，
自暴自弃才是致命苦药。
把忧烦绝望填进历史的沟壑，
把明天的憧憬写进心灵的底稿。
坚定信念热烈追求，
才是我们青春的骄傲。

咏种子（2000年2月）

为什么春天里翠树碧茵，
百花吐芳？
为什么秋天里果实累累，
稻菽飘香？
为什么茫茫草原绿浪翻腾？
为什么巍巍高山松柏参天如梁？
因为在壮美的大自然中，
潜伏着种子的力量。
种子平凡渺小，
身居沧海从不孤芳自赏。
它保持朴素的色调，
不追求华丽的奇装。
它的形象朴实无华，
品德高尚。
种子对未来充满向往，
认定的目标从不彷徨。
它的理想是春华秋实，
献给人类热和光。

我想做一颗种子，
在春天撒向大地，
待金秋时节尽品硕果之香。

人生起跑线（2001年5月）

起跑线，
你是百米赛跑的起点。
起跑线，
你是人生道路的蔓延。
多少有志者，
在这里奔向渴望的终点。
莫在起跑线上徘徊，
不要耽误宝贵的时间。
别在起跑线上兴叹，
使神经在消闲中萎缩迟缓。
起跑有快有慢，
出线有早有晚。
冲上去缩小距离，
去追上失去的时间。
跌倒了爬起来，
让步子更稳更坚。
切忌失去坚贞的信念，
不要吝啬自己的血汗。

冲上去，
冲向理想的顶点。
人生美好的夙愿，
将在跑道的奋争中实现！

笔墨生香（2005年3月）

迎来不惑之年，
踏过青山小巷，
穿越千年茫茫尘世的风霜。
万里路啊长又长，
我只有笔墨存香。
遗落花间梦，
相思画中藏。
任时光流转，
朝晖夕阳。

渔家傲

读《成吉思汗》（2005年5月）

手握凝血峥嵘角，
惯使弯弓射大雕。
铁蹄踏破欧亚洲，
建帝国，
彪炳青史比舜尧。

气吞山河胆气豪，
无数美人竞折腰。
钟情美色不误国，
真英雄，
天下帝王多风骚。

心伴书香（2005年6月）

有一种快乐是阅览晨光，
有一种幸福是朗读夕阳。
有一种沉醉是字里行间，
有一种享受是心伴书香。
啊，心伴书香。
心灵打开一扇窗，
呼吸大千世界的芬芳。
插上翅膀自由高飞，
追逐着梦想。
有一种向往是希冀起航，
有一种收获是壮志激扬。
有一种欣慰是经典史籍，
有一种感动是心伴书香。
啊，心伴书香。
心灵打开一扇窗，
拥抱精彩人生的希望。
扬起风帆坚定出发，
抒写着荣光。

心飞扬（2005年10月）

透过墙，

借来柔弱的光。

映书上，

把每个字都照亮。

头摇晃，

心飞扬，

背出唐宋文章。

萤火虫带来夜的希望，

闻鸡起舞，

剑指北方。

沐浴阳光，

我们约会夕阳。

锥刺股，

不怕头悬梁。

要坚强，

你是我的榜样。

唐多令

读《红楼梦》（2005年12月）

女娲补苍天，
刻石作奇传。
红楼扼腕百千年。
四大家族兴亡史，
盛于元，
衰于元。

木石续缠绵，
金玉结姻缘。
香消玉殒有谁怜？
人生本是一场梦，
辛酸泪，
荒唐言。

行香子

惜黛玉早逝（2005年12月）

弱柳迎风，
面散香浓，
衬两湾春水溶溶。
心较比干，
诗比孔融。
潇湘妃子，
读西厢，
学孔孟。

羞花闭月，
沉鱼落雁，
算古今众美群中。
红颜可叹，
命运多同。
绛珠还泪，
恨不能，
爱不成。

走进你（2006年1月）

轻轻地把你捧起，
方寸间是片厚重的土地。
走进你，
去倾听远古的喧嚣。
走进你，
去遥望未来的风雨。

轻轻地把你捧起，
畅游在你晴朗的世界里。
走进你，
去品味春天的明媚。
走进你，
去迎接金色的希冀。

书伴人生（2006年3月）

读明了灯前月，
读醒了蛙声唱。
书中捧出满天星，
梦乡枕墨香。
读化了心头霜，
读美了百花放。
书中品尽春常在，
四季伴芬芳。

浪淘沙
咏菜花（2006年3月）

春来菜花黄，
遍地芬芳。
蜂蝶飞舞采蜜忙。
一片美景似画屏，
无限风光。

人在画中央，
神清气爽。
阳光明媚心欢畅。
风吹菜花千重浪，
香飘远方。

书里人生 (2006年6月)

塞外琵琶拨动美人的心，
床前明月结成故乡的霜。
杏花春雨打湿问路的人，
庐山瀑布欢腾天外的浪。
和李白一起上九天揽月，
和李清照一起追思霸王。
一滴翰墨一段唐宋华章，
书里人生，回味悠长。
伦敦大雾凝结孤儿的泪，
伊索寓言闪耀睿智的光。
呼啸山庄吟唱飘摇的梦，
荷马史诗散发历史的香。
和高尔基一起去讴歌海燕，
和裴多菲一起只为爱歌唱。
一卷美文一种心情释放，
书里人生，无限风光。

阮郎归

咏莲花（2006年6月）

风吹菡萏湖面艳，
英茂中国莲。
红衣浮水洁静客，
芳香飘满园。

莲子香，
藕脆甜，
花叶养容颜。
你濯青莲而不妖，
出污泥不染。

我期待（2006年10月）

夜昧月暗时，

我期待阴云流转，雾散月朗。

彷徨迷茫时，

我期待醍醐灌顶，心神敞亮。

期待是明灯，

引领我拨开雾霭，把星空仰望。

期待是路标，

教导我兢兢而行，脚步坚定。

期待如荒原上破土而出的浅草，

悄然绽放自己的生命之光。

期待如山林间巍巍矗立的秀木，

挺立于郁郁葱葱的绿地上。

即使自己是万千翠波中的一朵浪花，

也希望为涌起的波涛添一分骇浪。

即使自己是广袤苍穹中的一抹微云，

也愿意为柔和的晴空添一点靓妆。

期待如城市中形单影只的树桩，

休憩在车水马龙的道路旁。

它们不会对自己唉声叹气，
只期待在原地有新的生命萌芽绽放。
我期待简单，博大而平常，
让自己在生命的循环之间，
找到追求的理想。
让自己在对未来的追求之中，
找到奋斗的力量。

给我一本书（2007年4月）

在贫穷的时候请你给我一本书，
一本书装得下心中的苦，
让我从此不孤独。
在我寒冷的时候请你给我一本书，
一本书融化了世界的冰，
让我血脉有温度。
一本书轻轻点亮来时的路，
千辛万苦都尝遍，
也不会向命运屈服。

品读（2007年8月）

头悬梁，锥刺股，

凿壁偷光不觉苦。

映雪灯，囊萤烛，

口诵手抄度寒暑。

唐朝诗，汉代赋，

宋词元曲传千古。

甲骨文出中土，

五千年文化永不腐。

当历史的船摇动岁月的橹，

别忘记我们勤奋的先祖。

当光阴的歌伴着时代的舞，

别冷落我们时代的宝库。

让我们一起品读，

读一读古代的风流人物。

炎黄帝中原逐鹿，

汉武帝北拒匈奴，

有一种气势就叫作英雄威威。

让我们一起品读，

读一读古老的中华民族。
有心人越甲吞吴，
有志者秦关归楚，
有一种精神叫作永不服输。

西江月

读《毛泽东诗词选》（2007年10月）

昆仑横空出世，
北国万里雪飘。
苍茫大地主沉浮，
天下文人折腰。

稼轩居士牢骚，
遥想浓情竞雕。
主席诗词正气歌，
豪气直冲云霄！

读书温暖人生路（2007年10月）

悠悠山和水，
漫漫人生路，
万卷诗书常相伴，
山高路险不觉苦。
书啊，书，
我天天把你读。
沧海桑田胸中过，
白云红霞眼前浮。
多少忧伤付流水，
书香伴我踏征途。
滔滔风和浪，
漫漫人生路，
冬天你是一把火，
夏天你是一棵树。
书啊，书，
我天天把你读。
泰山昆仑立钢骨，
长江黄河绘宏图。

胸中藏有书万卷，
温暖人生万里路。

七律

刘骊上大学（2008年8月）

从小健身爱习武，
长大求学去成都。
苦读不怕锥刺骨，
勤学更要下功夫。

人生征途须阔步，
永攀高峰不服输。
莫负寒窗苦读书，
志存高远绘宏图。

感觉今日（2008年12月）

感觉今日如同感觉一种氛围。

感觉今日如同感觉一片明媚。

感觉今日就是感觉幽幽竹箫的鸣响，

就是感觉岁月的脚步，

又一次踏向初煦的光辉。

静静地坐在时间的肩头。

看，一串串离去的背影涌动着，

匆匆地将霞光追随。

听，鹏城上空的时钟嘀嗒着，

渐渐地将过去敲碎。

此刻，我仿佛意识到，

今日是人生书中的一节，

是不可缺少的灿烂章回。

鲜嫩的阳光极好地铺展着甜润以及活跃的思维。

温柔的风，似乎在提醒人们把握住每一片光阴，

以及注释生命的雄奇与珍贵。

为的是不再有遗憾伴着苍老爬满黄昏的心藤，

不再有愧疚的墓碑孤立在生命的结尾。

驻守在今天的旷野，

让思维漫步在昨天与未来之间细细地品味。

我们不能让鲜艳的今日黯然失色，

如一溪泛不起浪花的流水。

因为今日并不是昨天，

昨天已走进了历史，

你该感觉今天的景色因你而变得这般娇媚。

或许你还等待明天，

盼望明天会有一片灿烂的朝霞，

并无阴云低垂。

那么，我们就把今日的天空擦得晴晴朗朗，

给明天的黎明留一份绚丽的积累。

与其在过去和未来之间沉醉，

莫如把今日的真实融入辛勤的汗水，

今日就是你的节日，

今日就是令你生命崛起的最佳机会。

山城的雨（2010年3月）

有人说你是春的天使，
有人说你是夏的伴侣，
有人说你是秋的结晶，
有人说你是冬的泪滴。
我说你是圣洁的泉水，
把肮脏的灵魂冲涤。
我说你是清香的甘露，
把黯然的生命洗礼。
你从九天倾泻而下，
顽强不息地冲击着污泥。
你被风裁剪得线一般纤细，
浑身却充满着生命的活力。
是你滋润着天下万物，
是你把大地的生命染绿。
你那滴滴答答的绵绵情话，
伴随我梦中的喃喃细语。
啊，雨
当你扑进我的怀抱，
就像拥抱着纯情少女。

时间（2012年3月）

逝者如斯夫，
弹指一挥间。
时间化成了一丝水，
汇成了一股泉。
流逝到光阴的深处，
化作云烟。
北雁往南飞，
我们知道了季节的变换。
青丝到白发，
我们看到了老去的容颜。
时间是公平的，
对谁都是二十四小时一天。
有人整天在灯红酒绿里泡着，
醉生梦死，奢靡逐欢。
有人整天在麻将桌上坐着，
纸醉金迷，昼夜不倦。
他们说，
春去春会来，花谢花再开，

时间用不完。

要知道，

水是去年的白雪，春是昨日的冬天。

时间一去不复返。

我们要珍惜时间多做有益的事情，

不要给生命留下悔恨和遗憾。

虽然我们不能遏减时间流逝的速度，

但可以激起时间长河中的浪花点点。

浪淘沙
重温辽沈战役（2014年1月）

攻打锦州城，
炮火硝烟。
英雄壮举震河山。
活捉司令范汉杰，
歼敌十万。

塔山阻击战，
坚守打援。
铜墙铁壁敌胆寒。
缅怀英烈不忘本，
珍惜今天。

诉衷情
走进夫子庙（2016年10月）

赢得天下满桃李，
先师孔仲尼。
创立儒家学说，
治国仁义礼。

写春秋，
著周易。
集论语。
千古圣人，
万世师表，
谁人堪比？

我想生活在唐朝（2016年2月）

我喜欢吟诗，
我想生活在唐朝。
我可与李白须行即骑访名山，
任剑闯逍遥。
与他花间独酌，
学诗论道。

我喜欢美好爱情，
我想生活在唐朝。
我可以感受到唐玄宗的痴情，
可以领略到杨贵妃的美貌。
感受那缠绵悱恻江山轻，
领略那一骑只为妃子笑。

我喜欢如诗如画的世界，
我想生活在唐朝。
我可以每日陪伴王维看那云卷云舒花开花落，
看那清泉石上流，看那明月松间照。

我喜欢悲壮的美，
我想生活在唐朝。
安史之乱的践踏，
吹响了大唐由盛转衰的号角。
听一群爱国人士发出的肺腑之音，
看热血洒落的战争如诗情晚照。

珍惜时间
——写给高三的果果（2017年8月）

一晃，你已进入了高三，
父母对你又多了几分期盼，
也多了几分不安，
怕你浪费时间，
虚度流年。
父母希望你闻鸡起舞，
勤学苦练。
要头悬梁锥刺股，
凿壁偷光，
囊萤映雪度暑寒。
人们说，时间就是生命，
时间就是金钱。
对你们来说，
时间就是知识，
学习重如泰山。

孩子，

请珍惜宝贵的时间，

因为高三是你拼搏的最后时间。

燕子去了，

明年会再见。

杨柳枯了，

绿叶会再现。

桃花谢了，

明年会再开，

高三过了，

将不再回还。

你要珍惜时间，

只争朝夕，

实现金榜题名的夙愿，

不给人生命留下悔恨和遗憾。

孩子，

请你珍惜宝贵时间，

因为高三是跑步的起点。

当踏上起跑线，

谁不愿意高燃青春的火焰，

让它闪烁才华和智慧的光环。

你要懂得，

通向理想的道路虽然遥远，

但起点将从你的脚下向前伸延。
要想在盛秋的时节，
把丰收的果实奉献，
就要在春天的耕耘里挥洒热汗。

孩子，
请你珍惜宝贵的时间，
因为高三是你学习冲刺的阶段。
加油，
去追赶失去的时间，
不要吝啬自己的血汗，
不要失去坚定的信念。
冲上去，
冲向理想的顶点。
夺回来，
夺回理想的光环。
树起理想的桅，
扬起信仰的帆，
把好前进的舵，
划起自强的桨，
让青春的船，
在高三毕业时驶向光明的彼岸！

西江月

游香港校园（2018年2月）

香港教育学院，
亚洲专业榜眼。
当年石门读军校，
人称将军摇篮。

风华书生意气，
激扬指点江山。
而今又闻读书声，
恰似同学少年。

七律

读《滕王阁序》有感（2018年2月）

玉宇琼楼方亮相，
宏文巨笔冠初唐。
层峦耸翠千秋艳，
飞阁流丹万古芳。
秋水长天遗韵美，
落霞孤鹜余晖长。
其间弟子纵仍在，
感此当惊乐未央。

七律

读《荷塘月色》有感（2018年2月）

寻幽解闷觅荷塘，
一片苍茫月有光。
月下荷塘生隽语，
塘中月夜慰愁肠。
盈盈花叶层层炫，
粒粒明珠点点香，
月色荷塘相映美，
江南自古胜仙乡。

忆秦娥

同学会（2018年2月）

离别阔，
相逢是首优雅歌。
优雅歌，
酸甜苦辣，
浩然成河。

天涯海角度青春，
同窗情谊难割舍。
难割舍，
满腔爱意，
把酒言说。

虞美人
咏仙人掌（2018年2月）

干旱贫瘠皆不怕，
沙漠英雄花。
枝宽肉厚形态美，
倒刺刚毛老珠结丽葩。

外刚内柔性本善，
质正有人夸。
愿做花中仙人掌，
孤芳自赏看它百花杀。

十年寒窗

——写给果果（2018年6月）

梅花香自苦寒来，
宝剑锋从磨砺出。
十年寒窗早出晚归，
十年苦读悬梁刺股。
失去了多少天真与微笑
品尝了多少寂寞与孤独。
望着父母期待的目光，
幻想未来美好的蓝图。
千军万马冲锋陷阵，
一张试卷决定命运归宿。
高考如临大敌，
发榜有笑有哭。
其实人生的路有千万条，
何必只把高考在乎？
自古多少名落孙山的人士，
他们的成就却光彩夺目。
李时珍三次落榜弃文从医，

成为名医流芳千古。

恩格斯初中没有读完，

成为革命领袖人物。

爱迪生只读了三个月的小学，

成为创造发明的鼻祖。

他们都没有参加过高考，

可他们从未停止追求知识的脚步。

十年寒窗不只是为了高考，

更是为了打下勤奋的基础。

提高能力胜考试分数，

十年寒窗并未结束。

鹧鸪天

公园晨吟（2021年11月）

祖国边陲最西南，
港城美景北部湾。
白鹭红树迎风舞，
天空海浪一色蓝。

诗词赋，石刻篇，
挥毫泼墨数先贤。
璀璨文明银河耀，
风采依旧永流传。

工作篇

清平乐
夜行山中（1987年9月）

军训科目，
夜间山中行。
皓月朗朗风飒飒，
一片蛙叫虫鸣。

按方位角寻宝，
翻过坎坎坑坑。
汗水湿透衣背，
凯旋轻哼歌声。

小草赞歌 （2004年5月）

当大自然的万物还在沉睡，
是小草为原野披上了绿衣，
把春的信息报给人间。
当万物复苏、鸟语花香的时候，
小草退避万花丛中，
不与百花争艳。
我愿做一棵小草，
不求盛名，不享受美誉，
只求奉献。
既然自己是条赢弱的小溪，
就别想像沧海那样惊涛拍岸。
既然自己是一棵无名的小草，
就别去追求大树般的伟岸参天。
既然我们选择了物业管理行业，
就甘愿平凡。
保持大厦的清洁，
就像美化我的脸。
每一片绿草都是我的朋友，

每一朵鲜花都是我对客户的良好祝愿。

我们多一份辛苦，

是为了保证客户的一份平安。

我们时刻把客户的困难记心间，

让客户满意，

是我们最大的心愿。

我们都是一棵小草，

在平凡的工作中争做贡献。

我们愿像小草报春一样，

为客户排忧解难。

我们愿像小草护花一样，

维护大厦的安全。

我们是棵小草，

愿意燃烧自己的生命，

给客户送去温暖。

我们热爱小草，

因为她无私无畏，

伟大而平凡。

我们热爱小草，

因为人们把小草的精神称赞。

贺物业统一（2007年7月）

人们在奔走相告，
人们在举杯贺喜，
祝贺华强物业实行了统一管理。
这是华强物业人的一件大事，
这是一个振奋人心的好消息。
让我们记住这一刻——二零零七。
实行统一管理，
是我们的共同心愿；
实行统一管理，
是我们的共同希冀。
我们拥护统一管理，
我们支持统一管理。
我们来了，
集团物业的员工在这里；
我们来了，
地产物业的员工在这里；
我们都是华强物业的员工，
我们今天在这里相聚。

实行统一管理，

这不仅是资源的整合，

对物业的建设发展更有重大的历史意义。

想过去，

我们虽为华强的物业，

却不能形成合力；

虽然是孪生兄弟，

却只能隔海相望；

虽然是一家人，

却是我不认识他，他不认识你。

看今天，

我们一家人终于走到了一起，

不管你是周吴郑王，还是赵钱孙李，

无论你来自五湖四海，还是南北东西。

从此，我们就是亲姐妹；

从此，我们就是亲兄弟。

从此，我们就是一个友爱的团队；

从此，我们就是一个坚强的集体。

渝州菜坊（2011年3月）

渝都西北山麓，
两江新区中央，
有一家渝州菜坊。
啊，一个人杰地灵的地方。
外衔浅山，内含碧水，
汇名师御厨，烹官府菜香。
守养生之道，写百年辉煌，
享受美食之天堂。
多少政企精英，多少文艺师长，
相聚在渝州菜坊。
大隐于世，藏风纳气，
啊，一个静谧雅致的地方。
品江湖百味，饮千年佳酿，
观珍品字画，赏琴音绕梁。
尽显宾客之荣光。
多少同仁志士，多少热血儿郎，
我们相聚渝州菜坊。
啊，一个大展鸿图的地方。

享饮食文化，习礼仪风尚，
立传承之志，奏行业华章。
相伴菜坊美名扬。

保安风采（2011年4月）

我们是名家物业人，

我们有着一支优秀的保安队伍。

我们是名家物业人，

我们描绘着御珑山的美好蓝图。

想业主所想，急业主所急，

全心全意为业主服务。

诚信为本，

尊重他人，

微笑服务，

办事高效，

是我们的理念；

严于律己，

恪尽职守，

超越自我，

力求完美，

是我们的标书。

让业主满意，是我们不懈的追求。

因为业主是我们的上帝，

业主是我们的衣食父母。
我是男保安，英俊潇洒，
练就了一副钢筋铁骨。
我是女保安，飒爽英姿，
培养出一身雄壮威武。
让我们操练起来，
欣赏御珑山的保安功夫。

名家物业之歌（2012年4月）

迎着初升的朝阳，
走进财富广场。
热情真诚的笑容，
洋溢自豪与荣光。
广大业主的需求，
牢记在我们的心房。
商家住户的满意，
是我们奋斗的方向。
踏着暮色的霞光，
书写名家的辉煌。
优质周到的服务，
绽放客户的脸庞。
业主至上的理念，
落实在各项工作上。
千家万户的安康，
是我们追求的理想。

开盘（2013年8月）

又一栋精美住宅，
它像镶嵌在郫县东部的一颗宝石，
璀璨夺目。
为了让楼盘早日推出，
公司领导运筹帷幄，
一道道号令如出征的战鼓。
工程人员加班加点，
和时间赛跑争抢速度。
营销人员精心策划，
不放过每一个意向客户。
物业人员展示形象，
让客户享受到五星级的服务。
8月26日，项目隆重开盘，
人们奔走相告，欢庆鼓舞。
悍马美女，
展示的不仅仅是美的艺术，
它象征着公司的辉煌成就。
翱翔的鸟人，

展示的不仅仅是壮观的场面，

它象征的是恒大品牌的高度。

帝景开盘了，

迎来了我们的第一批客户。

帝景开盘了，

这里花如海、人如潮、彩旗飞舞。

帝景开盘了，

我们在关注不断增加的解筹码数。

二百、三百、四百……

当喜讯传来的时候，

我们的劳累换来的是欢乐和幸福。

贺帝景开盘成功，

让我们举杯庆祝，载歌载舞。

我们的工作没有止步，

我们对工作不会满足。

明天我们将擦一把汗水，

抖一身泥土，

再踏上新的征途。

七律
会师西安（2014年10月）

年会战场在古都，
各路诸侯踏征途。
安营扎寨养心目，
专候主公绘蓝图。
冰城战士缘雾误，
盟友盼归皆驻足。
人定胜天战险阻，
如期会师警报除。

蝶恋花

华南城哈洽会（2014年10月）

人头攒动似海洋，
哈洽会场，
点缀着星光。
东盟十国产品美，
龙港澳台食品香。

华南城尽显荣光，
奥特莱斯，
皮草之天堂。
辛勤栽下梧桐树，
诚信引来金凤凰。

醉花阴

快哉长岭湖（2015年7月）

激情飞扬斗酷暑，
冰城长岭湖。
拔河跳绳赛，
不亦乐乎？
尽兴心方足。

水光潋滟鱼可数，
映照美人图。
举杯诉衷情，
烦恼皆无，
轻装踏征途。

七律

放飞梦想（2015年8月）

天高云淡秋风爽，
庄园鞭炮迎儿郎。
鉴酒犹如人生品，
厨艺展示色味香。
拔河比赛凝心力，
烟花篝火情飞扬。
红霞照耀华南路，
兄弟姐妹写辉煌！

鹧鸪天

起航（2015年9月）

军旗在指引方向，
战歌把号角吹响。
困难不能阻我行，
华南城人迎曙光。

新目标，新起点，
火线立下军令状。
拔刀亮剑当英雄，
胸前佩戴军功章。

西江月

儿子当上飞行员（2017年3月）

昨日西域天狼，
今天驾机翱翔。
特战部队虎添翼，
空中打击力量。

白云编织锦绣，
蓝天铸就辉煌。
风里雨里不迷航，
看我刘家儿郎！

清平乐

赞交警（2017年5月）

天天如旦，
夜夜同星盏。
沐雨携风迎往返，
圆缺阴晴向晚。

目标方向安全，
耳中眼里心间，
红绿关乎行止，
人本家园平安。

前进吧，威琅（2017年10月）

我们迎着初升的太阳，
我们走在崭新道路上。
我们是年轻的威琅人，
谱写时代的新篇章。
我们迎着风雨向前方，
万众一心挽起臂膀。
前进，前进，向前进，
扬帆起航何惧风浪。
前进，前进，向前进，
坚定目标绝不彷徨。

我们怀着同一个信仰，
我们为了同一个理想。
我们是勇敢的威琅人，
站立在潮头当闯将。
我们奋勇拼搏向前方，
众志成城挺起胸膛。
前进，前进，向前进，

披荆斩棘收获希望。
前进，前进，向前进，
永不言败创造辉煌。

我们把历史责任担当，
我们把美好未来开创。
我们是奋斗的威琅人，
为服务社会献力量。
我们高奏凯歌向前方，
矢志不渝初心不忘。
前进，前进，向前进，
酸甜苦辣一路品尝。
前进，前进，向前进，
实现梦想铸就荣光！

七律
砥砺前行（2017年11月）

二十七年越千关，
搏击商海不畏艰。
串串脚印逐梦想，
滴滴汗水满诗篇。
今日举杯共欢庆，
明朝远征雨扬帆。
笑看大地风烟起，
不忘初心奏凯旋。

七律
公司年会（2017年12月）

欢聚一堂乐融融，
举杯相庆放歌声。
辞岁申猴书锦绣，
迎春金鸡写峥嵘。
携手并进创佳绩，
砥砺前行硕果盈。
放飞梦想蓝图绘，
抖擞精神踏征程。

醉花阴

团建（2017年12月）

相约统景炮猪汤，
黄总裁故乡。
邀宾朋满座，
饭菜飘香。
举杯话威琅。

门前操场哨声响，
篮球比赛忙。
乒乓谁称王？
凝心聚力，
琅途多辉煌。

威琅15年（2017年12月）

15年的风雨15年的浪，
15年的道路不平常。
15年的酸甜苦辣，
15年的岁月沧桑。
15年的拼搏进取，
15年的追逐梦想。

15年的威琅，坚定方向。
15年的威琅，壮大成长。
风雨诉说昨日的威琅，
岁月铭记曾经的沧桑。
征途漫漫历尽千辛，
勤恳是我们不变的模样。

15年的威琅，诚信和谐，
15年的威琅，共赢分享。
为客户创造价值，
为员工创造机会，

为社会创造效益，
真诚是我们心灵架起的桥梁。
你我相伴，团队合作，
耕耘迎来收获的酣畅。

15年的威琅，天天向上。
15年的威琅，创造辉煌。
我们张开飞翔的翅膀。
奉献是我们不变的渴望。
我们拥抱明天的太阳，
威琅人永远在路上！

七律

最美劳动者（2017年12月）

飞天下海展疏狂，
汗水滋禾万担粮。
铁臂雄肩兴伟业，
承前启后谱华章。
辛勤双手蓝图绘，
智慧千年赤胆张。
工作模范兴赞颂，
峥嵘岁月享荣光。

水调歌头

不忘军旅情（2019年5月）

西阳军营内，
结下战友情。
二米饭地火龙，
兄弟伴一生。
沙场摸爬滚打，
拉练雪地宿营，
苦乐在其中。
内务争红旗，
比武夺头名。

磨意志，
强体魄，
练作风。
蹉跎岁月峥嵘，
血染战旗红。
而今鬓发染霜，
人在南北西东，

相逢醉意浓。

怀念军装绿，

丹心映赤旌！

西江月

贺胡红退休（2023年3月）

度过五十春秋，
尝遍人间苦愁。
人生从此知天命，
往事欲说还休。

不再晚五朝九，
远离名利争斗。
心宽体健走南北，
山水怡情自由。

醉花阴
获奖感言（2023年3月）

作家梦想心中藏，
今日作品获奖。
沉醉笔墨间，
心伴书香。
拥抱着希望。

荣誉面前志激扬，
希冀再启航。
万卷书相伴，
刺骨悬梁。
书写着荣光。

友情篇

长相思
念故人（1993年冬）

北风烈，
碑石寒。
孤坟一座荒草乱。
有话向谁言？

满腔志，
化云烟。
抚今追昔多感叹。
泪水挂腮边。

唐多令

劝君戒酒（1997年3月）

世上有十恶，
酗酒居榜首。
贪醇罹难罪名留。
古今佳酿迷狂客，
身受苦，
命早休。

醉酒多误事，
聪明变昏流。
举杯掩痛更增愁。
时常夜深酩酊归，
妻怨恨，
母担忧。

生活充满爱（1997年冬）

朋友，你懂得爱吗？

让我看看你的眼睛。

从你的目光里，

我会看出你对生活是不是有感情。

一块突兀的岩石，

那么僵硬、冰冷，

可在雕塑家手里，它就有了生命。

一片起伏的山峦，

似乎只是色彩和线条的组合，

可在画家的笔下，它仿佛有了心灵。

这就是爱的力量，

这就是爱的作用。

是爱的清泉滴入了枯涩的眼睛。

才使我们对未来满怀希望，

对祖国一片深情。

有人说，爱——不过是投进月下湖中的倩影，

连接亲朋之间的缆绳。

有人说，花丛间的温情笑语是浓度最高的爱，

朋友间的礼尚往来是最实惠的情。

如果这就是爱的全部内涵，

那么人类也就无异于嗡嗡飞过的苍蝇。

有人叹息，到哪里去寻觅爱呢？

它那么飘渺。

有人说，爱在哪里呢？

它是那么朦胧。

不！生活的每时每刻都在展开爱的画屏，

心灵的闸门一旦打开，

爱的湖水就像山河一样奔涌。

让我们爱伟人的祖国和事业。

让我们爱火热的生活和斗争。

让我们爱参天大树上的每一片绿叶。

让我们爱抚过脸颊的每一缕清风。

让我们张开爱的羽翼，

在阳光下，

向着理想的明天飞腾！

阮郎归
同学聚会（1995年夏）

天涯海角各西东，
同窗故乡逢。
人生苦乐度春秋，
久别情更浓。

话千言，
酒一盅。
追忆当年花正红，
而今青丝尽染霜，
与世再无争。

卜算子

念故人

有梦寄廊桥，
酥雨坐间落，
隔着清帘忆你时，
卿里匆匆客。

年少不惜春，
却道因缘错。
挽住东风挽住晴，
最好别说破。

浪淘沙

送友人（2002年10月）

门外秋风寒，
紫绿黄残。
相见不易别亦难。
白霜满地匆匆去，
空留伤感。

一步三回头，
举步维艰。
挥手无言泪双潸。
期盼早日再相逢，
祝君平安。

劝君戒烟（2003年5月）

抽烟不知错，
烟毒四下播，
行为不文明，
坑害他和我。
每月开销大，
夫妻闹不和，
子女多数落，
憋气又窝火。
烟头到处丢，
时常把祸惹，
不慎起火灾，
一生都悔过。
尼古丁有毒，
致癌了不得，
花钱害自己，
身体受折磨。
劝君一席话，
抽烟害处多，

改掉坏习惯，
生活添欢乐！

千秋岁

祝寿（2006年8月）

风和日丽，
亲朋齐贺喜。
鞭炮鸣，
歌声起。
寿星面带笑，
儿女心甜蜜。
庆古稀，
风雨人生做传奇。

往事不堪说，
今朝盈紫气。
三杯酒，
敬天地。
愿长辈康泰，
岁岁称心意。
度晚年，
开心快乐是第一。

七律

生日寄语（2007年5月）

春秋走过二十八，
当是人生好年华。
昨日白马与王子，
何缘梦幻不是他？
今与福田相邂逅，
心中盛开爱情花。
不管前路有多远，
执手白发到天涯。

七律

芳辰情缘（2008年）

青春绽放二十五，
相爱无缘几春秋。
去年生日飞孤雁，
今朝假期传鸿书。
一世姻缘命中定，
风雨人生有归途。
伴甘伴苦伴终老，
相亲相爱相祝福。

七律

姊妹花（2008年5月）

丽丽多多姊妹花，
青春靓丽吐芳华。
今日闺中抵足睡，
明朝嫁人各天涯。
相识结缘情谊重，
人生知己相报答。
它年再忆此时景，
心中可否记得她？

七律

小浪添子（2010年3月）

淦家小浪添虎子，
三月桃花娇艳时。
好友亲朋齐道喜，
方辉心里美滋滋。
当家才懂柴米贵，
养儿方知母心慈。
人生角色多变化，
父母责任今日施。

七律
过年（2010年春节）

以前过年多悲愁，
没有亲人话春秋。
举杯消愁情独守，
泪眼观花花泪流。
今年过年心情秀，
夕子爱意暖心头。
观灯赏花手牵手，
福田悲愁此时休。

临江仙

贺寿（2011年2月17日）

元宵佳节闹花灯，
适逢六六新正。
鞭炮齐鸣笑连声。
满屋添喜气，
人老情更钟。

沧桑几度朱颜改，
道路坎坎坑坑。
饱经风霜叶愈红。
福如东流水，
寿比不老松。

七律
小军新婚（2011年7月）

枝头喜鹊叫喳喳，
渝城盛开并蒂花。
小英貌赛西施美，
小军才华子建夸。
天上彩凤双飞翼，
地下连理吐芳华。
结情结爱结恩爱，
伴甘伴苦伴天涯。

醉扶归

发小相聚（2012年6月）

梦里青葱样，
再见鬓如霜。
无语相拥泪两行，
昔日情难忘。
把酒言欢过往，
忽见东方亮。

七律

答海涛（2012年中秋）

中秋赏月盼团圆，
人间天上舞翩跹。
我寄相思与明月，
涛声依旧福连连。
月圆月缺霜满鬓，
婵娟何时伴君还？
举杯邀月衷情诉，
棠城石都一线牵。

七律
艳萍生日（2012年）

天增岁月人增寿，
新春喜庆闹门头。
恩重情长深似海，
初心不忘乐悠悠。
教子成龙为己任，
无怨无悔二十秋。
待到花好月圆日，
苦尽甘来享清福。

七律
刘骊参军（2012年11月）

江城习武弄枪棒，
鹏城摔跤获奖章。
蓉城四年寒窗苦，
边城当兵守边防。
训练刻苦当榜样，
工作学习当自强。
统领千军为己任，
国防建设放光芒。

七律
关怀（2013年4月）

家妻小恙不相忘，
礼品金钱多解囊。
为人行善心坦荡，
做事低调勇担当。
赵奢吴起勤效仿，
更有大志创辉煌。
青史留名传美誉，
中泽裕川好儿郎。

五律
扬鞭催马（2013年）

马遇伯乐嘶，
鸟为知己鸣。
福田中泽用，
如鱼水中行。
不求大舞台，
祈盼知与行。
扬鞭催良马，
携手创双赢。

醉花阴

生日感怀（2018年1月）

风轻云淡又一年，
人生已过半。
富贵功名淡，
随遇而安，
心宽体强健。

月色烛光亲朋满，
美酒醉心田。
光阴磨容颜，
白发又添，
今年老去年。

西江月

贺奕可满月（2016年9月）

金秋霞光满天，
奕可翩然下凡。
嫦娥满月即成珠，
满堂笑语歌欢。

娇美常伴左右，
平安幸福年年。
江山代有才人出，
不负众人期盼。

小重山

赠赵德贤（2018年2月）

同窗一别四十年，
相见情愕然，
红颜变。
发小读书在同班，
喜健谈，
语文考试当状元。

风云多变幻，
生活遭磨难，
令人叹。
万里愁云随风散，
噩梦断，
人生写新篇。

贺新郎
悼念陈春宝（2018年3月）

异地闻哀音，
好友辞世多泪痕。
悲情深深。
昨日相聚同学会，
今天阴阳相闻。
再有疑难无人问。
逝者随风驾鹤去，
留美誉与天地长存。
春雨落，
冷几分。

曾记当年运动会，
多项比赛拿冠军。
体育能人。
教书育人几十载，
看桃李满园春。
无悔华发生两鬓。

祭奠长兄一烛香，
魂梦萦哀思托白云。
君且去，
酒已温。

小重山
赠滕忠科（2018年3月）

四十年风霜与共，
骤然人离去，
心悲痛。
夫妻恩爱人敬重，
乐今朝，
人生正值夕阳红。

昨日相拥眠，
而今床已空，
泪水涌。
人活百年终有别，
莫悲伤，
且把心放晴。

卜算子

生日会（2018年3月）

共事结金兰，
十年情不变。
人生欢乐共分享，
谈笑解忧烦。

骨肉何必亲？
相知话投缘。
芳辰举杯同贺喜，
酒香人更艳。

鹧鸪天
赠友人（2018年3月）

花映佳人水映天，
湖光山色媚无边。
美色红花竞相艳，
面若春风气似仙。

画中走，愁云散，
授业解惑志更坚。
周身纯正一条捻，
还盼拨灯尽力燃。

醉花阴

塑造美丽（2018年4月）

梁家玉女当教头，
娇容共享受。
养生有妙法，
美体高手，
环肥变燕瘦。

幸福生活无烦忧，
健美添娟秀。
看婵容施貌，
满眼尽收，
芳名贯渝州。

临江仙

江边惜别（2018年6月）

曲岸如肠逝远，
碧波荡碎萍踪。
朝霞俏靥入杯红。
人忧千里路，
柳绾一江风。

那日桥头初遇，
曾经月色朦胧。
世间万事不由衷。
已然难执手，
何必又相逢。

西江月

赠友（2018年6月）

事事横刀断水，
天天煮酒浇愁。
花开花落水长流，
谁解衣宽体瘦？

梦寄东西南北，
情伤冬夏春秋。
诗涛诗骨化吴钩，
诗韵诗香如旧。

七律

悼念郭营长（2019年11月）

噩耗传来泪纷纷，
恨天何至降死神。
堪怜郭老驾鹤去，
兵哥从此少一人。
回忆当年首长爱，
殷殷教诲受益深。
虽无血脉同源处，
战友情谊更思亲。

七律

痛哭战友张法正（2019年12月）

声声哀悼送法正，
噩耗传来天地崩。
军中战友驾鹤去，
凭将清泪祭英灵。
西阳一别四十载，
音容笑貌在梦中。
阴阳两界皆安好，
愿君天堂还是兵。

七绝
贺清国六十六生日（2023年9月）

一

寿过六六地辞春，
日挂西山岁不新。
且喜如今能自己，
天天有醉看何人？

二

黄金纵可买功名，
难把浮云蔽太清。
世上纷纭千万事，
焉能件件顺心生？

三

一早凭栏聊作吟，
天涯此刻句堪斟。
人生多少辉煌梦，
都作浮云化雨淋。

四

老矣何非白发悲？
人生晚景正堪追。
无由不作神仙似，
玩水游山看有谁？

七绝
悼同学王福义（2023年11月）

一

惊闻福义赴仙山，
半日痴痴泪洗颜。
忆起相交些往事，
忽如潮涌眼前翻。

二

同学都言情谊深，
今闻噩耗倍揪心。
人生有道浮萍似，
死别如何铅样沉？

三

无常果是冷无情，
频使人间悲剧生。
兄弟于今归哪里？
如何祈祷却不灵？

四

同学驾鹤悄归天，
让我如琴忽断弦。
此刻令吾深有悟，
当该怎样度余年。

爱情篇

踏莎行
梦中恋（1989年8月）

长夜绵绵，
思绪万千。
春心荡漾难入眠。
今日佳人军中舞，
梨花带雨含烟。

梦中再见，
相谈甚欢。
岂非就是今生缘？
隔日求得红娘助，
月下牵手团圆。

虞美人

两地情（1990年4月）

隔山隔水千万里，
鸿雁传情意。
共担风雷和霹雳，
同享雾霭流岚与虹霓。

待到比武凯旋日，
军营穿嫁衣。
相聚短暂长分离，
心心相印终生永相依。

菩萨蛮

咏黄昏恋（2002年10月）

晚秋时节菊更香，
黄昏鸳鸯戏水塘。
红尘情未了，
白发诉衷肠。

再次穿嫁衣，
又把新郎当。
彩虹胜白云，
西阳柳影长。

梧桐山的梅花（2006年4月）

岭南的四月春意盎然，
梧桐山顶盛开着梅花点点。
有红的，有粉的，
也有几枝白色的开在中间。
我折一枝白色的梅花，
我喜欢白色，
因为她不像粉色那么迷人，
也不像红色那么灿烂。
我欢她的孤芳自赏，暗香袭人，
我喜欢她的冰清玉洁，不与百花争艳。
我送你一枝白色的梅花，
愿你傲骨长存，清香淡淡。

小重山
怀念（2007年5月）

偶经故居门前行，
夜幕满天星，
心潮涌。
驻足观望灯前影，
无可听，
且将心思托流萤。

前世苦与痛，
今生爱与情，
天注定。
几次梦里听歌声，
掌声鸣，
好事被惊醒。

采桑子

分手（2007年8月）

欲近不得远不能，
心绞阵疼。
不思不可，
忘淡不想亦不成。

梦里时时念暖冷。
月下相拥，
亦亲亦情，
惟愿关爱伴终生。

鹧鸪天

七夕感怀（2007年8月）

王母挥钗隔鸳鸯，
银河两岸情忧伤。
脉脉相思谁以诉？
独饮悲秋泪成行。

鹊行驾，星搭桥，
牛郎织女诉衷肠。
但愿相聚永相伴，
携手地老到天荒。

征婚（2007年12月）

我向朋友说，
我认识了一个女孩，
家在南宁。
我向同事说，
我的女朋友30岁，
名字叫婷婷。
她高挑的身材，
还是一个大学生。
她有一颗善良的心，
还有一副娇美的面容。
他们说，
网上征婚靠不住，
不一定能成。
他们说，
干吗找那么远，
身边的美女难道你一个没看中。
我说，
爱情就是缘分，

也许是命中注定。

婷婷，

当我第一次看到你的资料就被打动，

看所有人都没感觉，

这算不算是一见钟情？

你的美很温馨，

让我感到了久违的亲情。

婷婷，

我爱你，

不管未来的道路是雨还是风。

心中的她（2007年12月）

妹妹好似卓文君，
与我谈天说地，
演绎一曲凤求凰；
妹妹好似孟光女，
与我举案齐眉，
再续恩爱新篇章；
妹妹好似李清照，
与我吟诗赋词，
共度浪漫好时光；
妹妹好似李师师，
与我相依终老，
天涯海角地久长。

西江月

无爱（2008年）

西阳落怕黄昏，
寂寞平添几分。
空惆怅兮徒愁恨，
知音何处觅寻？

被半温人半温，
谁人可与温存？
思悠悠兮情真真，
明月相照泪痕。

清平乐

恨别（2009年1月）

郎情妾意，
犹似在眼前。
花前月下语绵绵，
叮咛萦绕耳畔。

孤凄人已归去，
惜顾影尤自怜。
红烛夜新人伴，
恨幽幽江水远。

七绝

赠友（2009年9月）

一

未必知心惟故人，
他乡梅下亦逢春。
旦看昨夜干杯处，
谁说新交情不真。

二

人生路上坎重重，
有友相帮情自浓。
锦上添花常见到，
雪中送炭总难逢。

三

大千世界一望中，
惯看花开几度红。
莫道天涯都陌客，
须知海角亦春风。

如梦令

小别（2009年10月）

明月夜望星空，
嫦娥后羿相拥。
俏语伴东风，
天地间皆有情。
夜行，夜行，
风雨何阻归程？

七绝

生日有吟（2009年10月）

一

茫茫人海几浮沉，

一路行来感慨深。

曾怪空山先得月，

才知独木不成林。

二

平生不敢忘修身，

薄己从来不薄人。

站似崖头如松柏，

虽经风雨亦精神。

三

不肯卑躬屈膝人，

平生未敢愧乡邻。

于今尚剩几知己，

没事邀来酌几轮。

相爱（2009年12月）

如果山城里没有你，
我也许一生在寻觅。
如果生活里没有你，
我也许日子更孤寂。
如果阳光里没有你，
我不会疼爱我自己。
如果等待里没有你，
我也许会随风而去。
如果期盼里没有你，
我也许会终生哭泣。

与你同醉（2010年2月2日）

月光如水，
微风拂面。
我愿与你携手寻梦，
在这美好的夜晚。
星光闪闪，灯火阑珊，
相视无语情绵绵。
从你的明眸里，
我听到了深情的呼唤。
沉醉了多年的梦，
在这一刻为你点燃。

卜算子

女人如花（2010年6月）

玫瑰撩人醉，
香飘门前下。
朵朵绽放染碎芳，
影疏拥淡雅。

多姿色彩娇，
不似晖华。
清幽庭院花榭舞，
人生梦如花。

醉花阴

无眠（2011年2月）

一种闲愁生别后，
泪落盈衫袖，
遇见总因缘，
片片深情，
结紧相思扣。

不眠夜半灯如豆，
倚帐捱更漏。
帘外起西风，
侧耳聆听，
恍有门轻叩。

远方的思念（2011年3月）

分别数天，
犹如一年，
常把佳人念。
凄凄惨惨，
寝食难安，
只恨山水远。
锦被不暖，
婵娟不圆，
更无红颜伴。
差期盼短，
朝夕呼唤，
爱意沁心田。

爱的誓言（2011年6月）

我冲破地域的界限，
不怕距离的阻碍。
遇见了你，
爱的目标不再更改。

我跨越年龄的界限，
不怕世俗的抢白。
遇见了你，
爱的心扉从此打开。

如果山城里没有你，
我也许一生将永远等待。
如果期盼里没有你，
我的生命将会重头再来。

爱你就像鸟儿爱蓝天，
爱你就像鱼儿爱大海。

我愿与你棋琴书画，
让生活变得丰富多彩。
我愿与你吟诗赋词，
让生活充满浪漫情怀。
我愿与你举案齐眉，
朝夕相伴执手恩爱。
我愿与你相依终老，
天涯海角永不分开。

不管未来的道路是风还是雨，
让我们的爱与我们的生命同在！

祝福（2011年7月）

春风拂面，
明月高悬，
执手相看泪眼。
去也，去也，
音信渺然。
分分合合，
前世姻缘，
已结并蒂莲。
惟愿丽人远行，
更有新人伴。

酷相思

七夕咏（2011年7月）

七夕今朝郎女盼。

鹊桥会，

衷肠断。

把思念，

常常留夜半。

泪水洒，

深情见。

热血涌，

春心见。

但忆韶华真爱恋。

一纸约，

双飞燕。

似梁祝，

西厢倾醉眼。

歌舞起，

红颜伴。

诗赋作，
知音伴。

渔家傲
短信情缘（2011年7月）

午夜传信惊人眠，
疑似知己续前缘。
凑近手机仔细看，
妻生怨，
何故藕断又丝连？

几分信任心地宽，
定将旧爱一刀断。
不离不弃到永远，
情不变，
相拥无语释前嫌。

七律
鹊桥（2011年8月）

周家有女持针线，
茶豆架下乞姻缘。
云阶月地星牵线，
嫁得凡人赛神仙。
鹊桥飘来脉脉语，
疑似郎君在眼前。
几许欢情与离恨，
不是天上是人间。

临江仙

雨中情（2012年3月）

滚滚黑云压山城，
骤然天地蒙蒙。
山野一片风雨声。
揽娇妻入怀，
任雨水浇顶。

燕舞冲霄劝雷公，
别把美梦惊醒。
风雨人生情更浓。
雨后景更美，
蓝天挂彩虹。

出行莱州（2012年6月）

一别之后泪涟涟，
两地相思多挂牵。
三番嘱咐记心间，
四德守身知礼贤。
五更情话意绵绵，
六神无主觉无眠。
七仙美女到床前，
八成夕子在放电。
九天爱情永不变，
十分想念梦中见。

七律
秋思（2012年9月）

秋风秋雨秋意凉，
登高赏月在异乡。
月圆月缺时总有，
花开花落为君黄。
我寄秋思与明月，
嫦娥相伴情谊长。
借得吴刚桂花酒，
醉眼望月思断肠。

菩萨蛮

重回深圳（2013年3月）

近在咫尺不相忘，
无奈泪水心里淌。
唐婉钗头风，
重现沈园墙。

鹏城爱与恨，
从此心底藏。
白发惊回首，
自语诉衷肠。

想念爱妻（2013年3月）

思妻如狂，
泪湿吾裳。
月扣门窗，
诉吾衷肠。
床前杜康，
解吾忧伤。
情欢语浪，
伴吾梦乡。

西江月
人在郫县（2013年5月）

好事曾与谁说？
无语暗弹泪血。
伤心何处最堪怜，
断肠黄昏时节。

空床寂寞难耐，
谁人解此情切？
唯有娇妻传爱意，
伴君梦中安歇！

蝶恋花

甜蜜的回忆（2013年6月）

弹指三十八年前，
初秋夜晚，
与卿相见欢。
窃窃私语诉衷情，
执手相拥爱缠绵。

人各东西山水远，
唯有思念，
甜蜜沁心田。
梦里寻她千百遍，
别时不舍见时难。

水调歌头
月夜思（2013年8月）

那月为谁满？
独自送清寒。
楼头空过孤影，
怕是惹流连。
痴叹离愁所寄，
依旧诗书翻冷，
随手画青鸾。
太息北风老，
隔梦二十年。

小窗冷，
锦字暖，
忆无边。
霜欹青鬓两重天。
蟾桂浮云暗送，
萍聚匆匆过往，
恐怕西天圆。

莫向盈亏否，
一半我心间。

想你（2013年）

山脉能阻隔天高地远，
却阻隔不住深深的思念。
经纬可拉开相互距离，
却阻挡不住真挚的情感。
岁月可流逝青春年华，
却流失不掉心中的爱恋。

七律

送别（2013年9月）

客站送别心欲裂，
一点相思几时绝？
空房孤灯情切切，
痴心相拥无人贴。
隔帘观月月悲切，
嫦娥拭泪与君别。
楼下情侣双双过，
伴我梦中化彩蝶。

想你的时候（2013年11月）

孤独寂寞的时候，
最想你的时候，
想你的时候说说话，
慰藉语言解烦忧；
夜深人静的时候，
最想你的时候，
想你的时候抱抱你，
柔情蜜意暖心头；
远离家乡的时候，
最想你的时候，
想你的时候亲亲你，
抚摸照片泪水流。

浣溪沙

感伤（2014年1月）

一轮明月挂天边，
何故月圆人未圆，
梦里相思千百遍。

宫中嫦娥下凡间，
吴刚伐桂声声叹，
广寒玉兔有谁怜？

七律
琴缘（2014年2月14日）

佳人抚琴夜阑珊，
修身祈福保平安。
朱古力甜表爱意，
玫瑰花香沁心田。
情思情意皆情侣，
爱慕爱戴都是缘。
人间情爱似琴曲，
天高地远满诗篇。

七律

家有美人（2014年4月）

娇婆俏丽粉如花，
白杏珠肌素服纱。
媚眼凝神清韵雅，
容颜俊秀傲天涯。
贤才聪慧诗书画，
敛翠天香丹玉瑕。
绰约风情柔步态，
香腮红润似朝霞。

等你（2015年3月）

牛郎会织女，
我在山城等你。
崔莺见张生，
我在月下等你。
相如弃文君，
我在梦里等你。
霸王别虞姬，
我在天上等你。
抚子之面兮，
慰你一世哀伤。
携子之心兮，
融你一世冰霜。
吻子之眸兮，
赠你一世情长。
执子之手兮，
陪你一世痴狂。

清平乐
勿忘我（2017年2月）

蓝色花朵，
芳名勿忘我。
采撷一朵胸前戴，
心相印陪伴我。

花似青春绽放，
爱如星光不落。
勿忘我勿忘我，
青石铭记时刻。

五律

盼归（2016年10月）

秋凉寒气生，
雾雨锁山城。
昨日未见面，
今又踏征程。
有心相伴随，
无奈变故生。
盼君归来早，
小别情更浓。

忆秦娥

除夕无月（2018年2月）

相思切，
梦又不成心欲裂。
心欲裂，
情丝紧系，
此生难却。

嫦娥已悔与君别，
今朝除夕天无月。
天无月，
鹏城渝都，
月残人缺。

生活篇

小焦的微笑（1994年冬）

小焦的微笑真好笑，

小焦的微笑真奇妙。

我曾几次向他请教微笑的要领，

他都不肯向我教绝招。

我要向小焦学习，

认认真真学习他的微笑。

我愿像热情的太阳在晨光中微笑，

以表露美好的心灵；

我愿像明朗的月光在云纱里微笑，

以展示高洁的情操；

我愿像成熟的果实在树冠下微笑，

以体现谦逊的品格，

我愿像初绽的蓓蕾；

在绿叶间微笑，

以呈现礼仪的风貌。

小焦的微笑，

如星光点缀着人心的世界，

如露珠滋润着情感的花苞。

它表达难以言传的纯情与挚爱，
在你我他之间架起友谊的虹桥。
你说你追求现实的完美，
但对不完美的现实世界却不感到郁闷和烦躁。
你渴望有所建树，
能够超越他人，
但对他人的成就幸福只能致以祝愿，
而不会妒火心中烧。
啊，小焦，
我赞美你的微笑。
你的微笑是我强身健体的灵丹妙药，
你的微笑使我忘掉了忧愁和烦恼。
你的微笑把我带进了充满光明和欢乐的城堡。

虽然我很丑（1995年冬）

我很丑，
既没有漂亮的脸蛋，
也没有一米八的个头，
身高不足一米六九，
皮肤也有点黑不溜秋。

我很丑，
既没有潘安般的貌，
又没有邓通般的钱，
这一切我都没有。

虽然我很丑，
但我一点也不懊悔和忧愁，
因为我对美有自己的理解和追求。
人说骏马能历险，犁田不如牛，
坚车能载重，渡河不如舟。
如果一个人缺少知识，缺少品德，
外表美同样会变得丑陋。

如果一个人心地善良，才华出众，
貌丑也会变得有派头。

阿兰德隆的英俊和潇洒使人迷恋，
高仓健的深沉和坚毅使人折服，
阿凡提的智慧和幽默使人倾慕，
冉阿让的善良和宽厚同样使人感动得内疚。
丑人祢衡目识群羊，走马观碑，流传千古，
丑人庞统巧设连环计誉饮五洲，
丑人卡西莫多善良的心地，同样给人以美的享受。

啊，我明白了，
漂亮是一种美，
但美不只是漂亮，
语言美，行为美，艺术美，心灵美，
这才是后天的成就。

虽然我很丑，
但我很优秀。
我是乒乓球羽毛球冠军，还会翻跟斗。
我能填词写诗，还能写书。

虽然我很丑，

但我很温柔。

我会对娇妻爱子献上爱心，

给朋友同事以亲人般的感受。

虽然我很丑，

但我很奋斗。

我会与公司休戚与共，风雨同舟。

我是优秀干部，又是专业能手。

其实我不丑，

当我赢得鲜花和掌声的时候。

七律
游松花湖（1996年夏）

阴雨连绵湖水满，
蛟龙吐水生紫烟。
轻舟踏浪雾里跃，
恰似嫦娥舞翩跹。
美景惹得人心醉，
仙山琼阁在眼前。
谁说西湖景色美？
丰满瀑布挂前川。

浣溪沙

游西湖（2007年夏）

人间天堂是苏杭，
西湖西子皆靓妆，
长桥梁祝举目望。

雷峰塔压许仙妻，
小小阮郁结鸳鸯，
凄美爱情传四方。

七律

参观鲁迅纪念馆（2007年夏）

一代巨匠周树人，
以笔作枪铸英魂。
百草园里摘桑葚，
三味书屋育诗魂。
西施二嫂风流貌，
窃书乙己添疤痕。
《狂人日记》吹号角，
《呐喊》声声救国民。

西江月
相约（2013年夏）

有一佳人靓妆，
郊外心驰神往。
等风吹开花儿香，
盼人约在月光。

绿草中的彷徨，
古树下的忧伤。
北方佳人欲何往？
谁是你的情郎？

满园春色（2011年春）

乱红飞过墙头去，
满园春色在周家。
飘香四溢有百合，
硕果累累是黑塔。

石榴怒放红似火，
蝴蝶兰开满枝丫。
落花不是无情物，
化作春泥更护花。

阮郎归

春日赏花（2012年3月）

山溪野径呈一片，
玉容足心愿。
冰雪肌肤香韵细，
彩蝶蕊中恋。

风淡淡，
香扑面，
花美人愈倩。
偷得梨花三分白，
圣洁在心间。

阳台上的花（2013年夏）

黑塔沉默情高尚，
夕颜呐喊吐芬芳。
月季怒放引蝶来，
海棠半开盼月亮。
百合争艳多妩媚，
草莓诱人粒粒香。
吊兰垂首志高远，
红掌擎天望远方。
佛手诵语千家福，
雪莲祈愿保安康。
芦荟翠绿赏人目，
石榴似火醉心房。

问鸟儿（2013年4月）

水光潋滟晴方好，
空中鸟儿戏鸳鸯。
鸟儿觅我手中食，
我笑鸟儿乖模样。
鸟儿快快停下来，
我要向你诉衷肠。
可否带上我梦想，
一起遨游去远方？

清平乐
岸边美人（2013年夏）

白云低垂，
鸟在空中飞。
昆明湖碧水潆洄，
紫气佛香劲吹。

白衣天使下凡，
令人目酣神醉。
依岸驻足眺望，
情浓何处可归？

诉衷情
家乡的雪（2014年冬）

青山绿水皆白头，
万里琼花厚。
玉蝶轻姿曼舞，
冰花缀双眸。

寒冬雪，
兆丰年，
苍天佑。
一壶老酒，
低吟浅唱，
情满香楼。

七律

哈尔滨冰雪（2014年冬）

冰为肌骨玉为魂，
座座冰雕白似银。
冰花雪花相辉映，
恰如仙女下凡尘。
眼前世界多梦幻，
但愿冰心似我心。
塞北美景堪秀色，
喜煞观灯渝都人。

行香子

登太行山十字岭（2015年5月）

十字山岭，
刺破苍穹。
拨开满天云雾浓。
鸟啼碧树，
歌放晴空。
听风呼啸，
喊杀声，
枪炮鸣。

登临山顶，
寻觅英踪。
抗击倭寇气如虹。
敌众我寡，
血溅崖峰。
看乾坤转，
国富强，
民安宁。

七律

游三峡大坝（2015年5月）

横空举世壮豪情，
两坝拦洋天地惊。
八万涛江如画里，
千般巴水似龙行。
霏霏云雾穿痕越，
沥沥雨烟迎舶征。
盛岁平湖高峡处，
千秋史册留芳名。

卜算子

游长白山天池（2015年6月）

巍峨长白山，
神秘天池湖。
一潭水深三百米，
怪兽可有无?

山下蒙蒙雨，
山上雪花舞。
遥天瀑布入三江，
聚龙温泉舒。

江城子
英雄女排（2015年8月）

女排姑娘志如钢，
斩巴西，
进四强。
再胜荷兰，
挺进决赛场。
与塞尔维亚决斗，
刀出鞘，
弹上膛。

郎平用兵真如神，
变战术，
遣兵将。
榔头朱婷，
无愧扣球王。
十年过后再夺冠，
国威振，
旗飞扬！

西江月

游太阳岛（2015年8月）

太上老君炼丹，
遗落奇石在岛。
金太祖磨石励志，
兆麟抗联歇脚。

夏日游泳观光，
冬天赏雪冰雕。
北国风情万种，
浪花尽显妖娆。

清平乐

感动（2015年8月）

无腿子怡，
时代张海迪。
笑靥面对身体残，
坚强写下独立。

歌声诉说感恩，
舞姿绽放美丽。
感动励志故事，
懂得知足珍惜。

军旅记忆（2015年8月）

一身戎装最潇洒，
一段军旅度芳华。
一面旗帜指方向，
一个军礼报国家。
一首军歌一段情，
一群战友走天涯。
一种记忆伴终生，
一路艰险又出发。

满江红

看电视剧《长征》（2015年9月）

敌军"围剿"，
战略转移行路难。
过湘江，
错误指挥，
伤亡过半。
遵义会名垂史册，
毛泽东力挽狂澜。
四渡赤水军事典范，
运动战。

过草地，
爬雪山，
吃野菜，
走泥丸。
会师吴起镇，
三军欢颜。
血肉铸成长征路，

英雄壮举震河山。

长征精神代代相传，

江山安。

菩萨蛮
争芳斗艳（2015年10月）

花儿朵朵扑鼻香，
美人伫立花中央。
花与人斗艳，
人与花争芳。

花输一缕魂，
人输红颜妆。
花赢嫣红色，
人赢俏模样。

七律
堆雪人（2015年冬）

飞花晶晶天气寒，
朔风吹雪积千山。
华南城内絮飞舞，
雪为肌骨洁为颜。
游人留影添亮色，
塞北美景真堪餐。
但愿冰心如我意，
留得清白在人间。

五律

冰城飞雪（2015年冬）

昨夜北风寒，
雪花遍山丘。
独挺枝坚翠，
银装织锦绣。
冰城添姿色，
山河皆白头。
披琼探春绿，
芳草映五洲。

西江月

球缘（2015年冬）

平生爱好运动，
打球兴趣更浓。
忘却忧愁与烦恼，
挥汗乐在其中。

人生五颜六色，
健康犹如彩虹。
美人关注输和赢，
强者有爱相送。

我爱我家（2016年秋）

是谁在拆洗被褥，
恰似布置新房？
那是红儿对生活的热爱，
把家装点得更加漂亮。
是谁把锅碗敲响，
犹如生活的乐章？
那是妈妈对儿女的关爱，
把饭菜做得更香。
是谁在琴房弹奏，
歌声甜美悠扬？
那是果果未来的理想，
让青春插上翅膀飞向远方。
是谁闯入了心房，
叫人激情荡漾？
那是远方的思念，
带我走进昨日的梦乡。
啊，我爱我家，
这里有欢乐的情欢乐的浪。

虞美人

乘气球飞天（2016年10月）

乘坐气球飞蓝天，
把山川鸟瞰。
熊熊烈火胸中烧，
迎着东方把太阳追赶。

无翼亦能入云端，
让梦幻实现。
风飘万里入广寒，
绵绵情意起舞会婵娟。

西江月

游天生三桥（2017年1月）

天生三桥横空，
恰似三条巨龙。
亚洲景观占鳌头，
世界遗产其中。

黄金甲士采风，
变形金刚留名。
武隆印象遍华宇，
渝都地杰人灵。

乌鸦反哺（2017年5月）

儿在西域守门户，
寄回特产孝父母。
开口银杏黑加仑，
若羌红枣巴旦木。
一颗干果一颗心，
隔山隔水送祝福。
爱国爱家真英雄，
军中骄子展宏图。

清平乐

观电影《战狼2》（2017年5月）

使命在肩，
浑身都是胆。
孤身冲入沦陷区，
誓为同胞而战。

战狼野性复苏，
杀敌勇往直前。
信仰谱写赞歌，
热血铸就光环。

七律

重庆烈日（2017年夏）

天空似火在燃烧，
大地如炉能烤焦。
江河湖海如汤煮，
鸡鸭猫狗树上逃。
天宫这般发怒火，
人间万物受煎熬。
倘若后羿今安在，
烈日岂敢逞英豪？

醉花阴

走进土耳其（2017年6月）

横跨欧亚土耳其，
世界景观奇。
地毯名四海，
神庙无几，
气球飘万里。

石窟教堂创伟绩，
爱琴海洗礼，
棉花堡沐浴。
古城主题，
皇宫作传记。

鹧鸪天

游伊斯坦布尔（2017年6月）

欧亚两洲一明珠，
文明古迹不胜数。
静谧蓝色清真寺，
穆罕默德多信徒。

老皇宫，大教堂，
千秋伟人造民福。
穆斯林城虔诚曲，
伴我平安踏征途。

江城子

初秋（2017年8月）

丝丝细雨几催凉，
叶轻扬，
稻飞香。
尘静神清，
怎会有愁肠。
雁阵横空牵梦远，
松柏翠，
壮行囊。

南山满坡菊花黄，
自寻芳，
不彷徨。
美景依然，
雨过醉秋光。
攀上云端多惬意，
溪浅唱，
伴山长。

浪淘沙
休假在昆明（2018年元月）

休假在昆明，
放飞心情，
一觉睡到自然醒。
苍山洱海听涛声，
荡涤心灵。

阳光伴我行，
云淡风轻，
滇池雪山多美景。
梦里寻她皆妙境，
说与谁听？

临江仙

重回吉林（2018年1月）

一别吉林三十载，
当年这里扛枪。
战友情谊不相忘。
北山训练场，
不见旧模样。

江城雾凇美名扬，
冰雕雪景靓妆。
松花江畔稻花香。
江南陨石雨，
世界亦无双。

浪淘沙
看电影《红海行动》（2018年2月）

蛟龙突击队，
海域救援，
中国人质得安全。
战争残酷且无情，
血肉飞天。

浑身都是胆，
协同作战，
强者无敌凯歌还。
红海行动扬军威，
谁敢侵犯！

卜算子

再观邓公榕（2018年2月）

仙湖驻足处，
小平手植树。
亭亭如盖枝茂繁，
绿化康庄路。

改革设计师，
鹏城绘蓝图。
深情怀念寄邓公，
国强民亦富。

七绝

访延安（2018年2月）

一

千里梦里到延安，
渴望登上宝塔山。
而今圣地拾阶上，
久站平台不肯还。

二

访罢塔山来枣园，
紧催师傅雨加鞭。
恐因景点关门早，
误我今天夙愿还。

三

杨家岭上拜先贤，
窑洞湍流客似泉。
一代伟人今若在，
触景当会尽开颜。

七律
参拜弘法寺（2018年2月）

夜幕降临入山川，
重峦叠嶂敢登攀。
游人稀少僧不见，
香烟缭绕古刹前。
大雄宝殿映日月，
暮鼓经文响耳边。
捧香跪拜神灵佑，
人生事事得团圆。

蝶恋花

游辽河（2018年4月）

风吹河水春日暖，
河沿漫步，
心情逐浪欢。
芳草萋萋淡淡香，
丁香绽放花烂漫。

二十年前游河沿，
蚊蝇乱舞，
两岸多脏乱。
辽河治理披靓装，
家乡旧貌换新颜。

踏莎行

参观叶挺故居（2018年4月）

北伐名将，
铁军集体。
南昌起义擎战旗。
人民军队新纪元，
武装革命烽烟起。

抗日战争，
痛歼顽敌。
伏击作战建伟绩。
皖南事变心不变，
囚歌浩气震天地。

清平乐

惠州西湖（2018年5月）

鹅城西湖，
与杭州并足。
旷邈幽深天然韵，
苎萝西子光顾。

堤岸虹桥如带，
青山水帘飞瀑。
鹤峰东坡啖荔，
山寺福田祈福。

临江仙

登长城（2018年6月）

蜿蜒崇山峻岭间，
古人成就非凡。
秦皇汉武几千年。
烽火戏诸侯，
炎黄争好汉。

万里长城筑江山，
九州屏障雄关。
入侵之敌心胆寒。
登高望远处，
山河如画卷。

七律
青岛海上行（2018年6月）

风吹海水起皱面，
片片鱼鳞堆似山。
远天碧水无穷尽，
方知海阔纳百川。
滴滴水珠汇沧海，
朵朵浪花助波澜。
巨轮载满心中梦，
乘风破浪彼岸还。

卜算子

游日月潭（2018年6月）

状似月上弦，
湖水源玉山。
明珠璀璨日月潭，
风光如画卷。

岚影波光闪，
湖光彩霞天。
蒙蒙细雨山水远，
西施近眼前。

江城子

重庆之夏（2018年6月）

重庆江畔百花香。
蝶跹忙，
鸟飞翔。
翠柳依依，
穿天绿骄杨。
秀水蜿蜒千万里，
滋野陌，
汇长江。

黄昏月上晚风凉。
夜空苍，
路灯煌。
三五人群，
漫步赏风光。
偶有蛙鸣声入耳，
音迹觅，
草中藏。

如梦令

夜雨（2018年7月）

今夜雨狂风骤，
电闪雷声怒吼。
瞬间起烟尘，
四野昏黑难瞅。
天漏，天漏，
试问女娲知否？

七绝
山城暴雨（2018年7月）

银丝飘落黑云生，
烟雨朦胧一色城。
远近楼台时隐现，
风摇树动吼雷声。

七律
仙境九寨沟（2020年10月）

瑶池本是在人间，
堪笑凡夫安学仙。
有路天堂通九寨，
此中仙境任盘旋。
细数珍珠十潭百，
流云在水映山峦。
一沟浓烈松林翠，
满眼清幽宝石蓝。

七律

摘荔枝（2021年6月）

万树轻摇六月风，
遍燃胜火荔枝红。
颗如松子朱砂外，
浆似冰肌素雪中。
日啖荔枝三百粒，
何须长作岭南翁。
万里今朝如咫尺，
再无累马有飞鸿。

七律
海钓（2021年8月）

碧水蓝天北部湾，
红树白鹤舞翩跹。
小桥抛下线垂钓，
鱼虾争饵逐食欢。
期盼随钩沉碧水，
烦愁顺线化蓝烟。
提竿钓起开怀笑，
美味下酒当晚餐。

临江仙

晨跑（2023年4月）

不必闻鸡报晓，
晨星引路奔跑。
阔步昂头意志高。
脚步奏妙音，
体健乐逍遥。

耿耿寸心未了，
岂惧风霜似刀。
汗水浇灌松不老。
老骥志千里，
青春热血烧。

浣溪沙

参观五粮液酒厂（2023年9月）

三江龙脉孕吉祥，
宜宾凤泉育芬芳。
烟火五粮呈佳酿。

仙醉千年天下客，
琼浆玉液助人康。
浓香美酒中国王。

醉花阴

温泉浴（2023年9月）

石上流泉响幽院，
瑶池仙境显。
热浪舞琼浆，
玉液涓涓，
怡然沐熏暖。

遍将远山近水看，
最把温泉恋。
神汤任销魂，
裸身尽欢，
涤浊忧烦远。

采桑子

摘山枣（2023年9月）

耐淹抗旱山崖下，
不慕百花。
刺满全身，
却是馥郁气盈华。

珍珠玛瑙满枝杈，
酸甜满牙。
肉脆皮薄，
摘得筐满带回家。

卜算子

驻足苹果园（2023年9月）

枝头果满坡，
红颜添姿色。
浓香弥漫伊甸园，
含羞引宾客。

颗颗醉心窝，
滴滴汗水落。
脆润酸甜唇齿间，
品尝苦与乐。

蝶恋花

快乐羽毛球（2023年10月）

小小羽球白如雪，
引拍似弓，
战楚河汉界。
轻搓恰是雨柔柔，
重扣犹如风烈烈。

二人轮转挪跨跃，
拉吊结合，
斗攻防谋略。
相逢对手战意浓，
快意尽欢好岁月。

清平乐

打乒乓（2023年10月）

晨练广场，
处处乒乓响。
案几对阵龙虎斗，
球飞汗水流淌。

削切旋转推挡，
斜拉正扣攻防。
腾挪跳跃如风，
健身人欢拍唱。

浪淘沙
秋泳（2023年10月）

初秋水未寒，
人满海边，
日浴踏浪逐沙滩。
肺腑舒张解暑热，
戏水言欢。

如燕舞翩跹，
浮沉酣然，
搏击风浪志更坚。
琼浆玉液洗烦恼，
体健心宽。